स्याही के अक्षर

जब किसी की यादों का दर्द हद से गुज़रता है

तभी कोई कोरा कागज़

स्याही के अक्षरों से भरता है।

अनीर

KALAMOS LITERARY SERVICES

Kalamos Literary Services LLP
Email: kalamosliteraryservices@gmail.com

Published in 2016
by
Kalamos Literary Services

ISBN- 9789384315597

विषय - सूची

अनीर

निशब्द नयन

मैं चार शब्द जो बोलूँगा
तुम एक समझ न पाओगी
निशब्द नयन फ़िर खोलूँगा
हर भाव जान तुम जाओगी।

तुम्हारी तस्वीर

तुम्हारी तस्वीर से पढ़ता हूँ...

कुछ शब्द तुम्हारे लब कहते हैं,

कुछ तुम्हारे कारे नयन...

और कुछ तुम्हारी धीमी मुस्कान कह जाती है।

मैं कहाँ कोई कवि!

मैं तो बस वही लिखता हूँ जो,

तुम्हारी तस्वीर से पढ़ता हूँ।

मनचाहा जवाब

वो चाँद है मेरा, मेरा आफ़ताब भी है

वही ख़्याल है मेरा, मेरा ख़्वाब भी है

वो शांत है मुझसी, वही बेताब भी है

वो सवाल है मेरे,

और मनचाहे जवाब भी है।

कश्मकश

जुबां ही सिर्फ़ एक ज़रिया नहीं जो तुम्हें ये बताएगी,

कभी हमारी लिखावटों पर गौर करना,

कश्मकश ख़ुद ब-ख़ुद दूर हो जाएगी।

शाम

तुम्हारी भी शाम सीख जाएगी
शायरी में ढल जाना,
कभी भूले बिसरे किसी दिन,
तुम भी किसी से दिल लगाना।

हूबहू ख़ुद सा

मैं शख़्सियत बदल-बदल
हर किसी से मिलने जाता हूँ
इक तुमसे मिलने ही मैं,
हूबहू ख़ुद सा हो आता हूँ।

लिख रहा हूँ

कभी आँसू बहा रहा था मैं,

अब शब्द कमा रहा हूँ

जो कभी कह भी न सका तुमसे,

वही तमाम दुनिया को लिखकर बता रहा हूँ।

नींद नहीं आती

तेरे सपनों में मेरी रात सो जाती है
सच कहूँ तो,
मुझे नींद नहीं आती है।

जुस्तजू-ए-मंज़िल

वो शामो-सहर मेरी निगाह से निहाँ है,
मेरी जुस्तजू-ए-मंज़िल
नजाने कहाँ है।

ख्याल

रातों में अब सपने नहीं
ख्याल आते हैं,
फ़र्क़ सिर्फ़ इतना है,
उन सपनों में तुम थी
इन ख्यालों में तुम्हारी यादें।

कुछ कम था

तेरे जाने से इस कहानी की गहराई को
ज़रा और समझा,
सिर्फ़ तेरा होना ही काफी न था,
कुछ था जो तब भी कम था।

मेरी निगाह

कभी मेरी निगाह से देखो...
हर ज़र्रे में अपनी परछाई देखोगी,
मेरी तन्हाई देखोगी।

हमराही

हम आज भी हमराही हैं...
फ़र्क सिर्फ़ इतना है कि,
तू उस ओर जा रही है और मैं इस ओर।

गुनाह

तुम मेरा गुनाह साबित कर दो
मैं तुम्हें ख्यालों से रिहा कर दूँगा।

ऐसा क्यों किया

कि तुम्हें ख्यालों से खोने लगा था,
रातों में अनीर सोने लगा था,
मैं एक दफ़ा फ़िर मैं होने लगा था...

पर तुम्हें कहाँ मन्ज़ूर था,
दिख गई बीच बाज़ार में!
साहिल सामने ही था,
पर कश्ती डूब गयी मझधार में।

शब्द

एक बात गौर कि तुमने...
तुमसे ज़्यादा इन शब्दों को चाहने लगा हूँ,
मैं इनमें तुम्हें तुमसे ज़्यादा पाने लगा हूँ।

धुआँ

सोचा कि तेरी याद को धुएँ में उड़ा दूँगा...
पर फ़िर उठते धुएँ में दिखी परछाई ने ,
मुझे मेरी लाचारी का अंदाज़ा करा दिया।

शायर की शाम

बहता हर अश्क़ कहे...
मैं उसका नाम जानता हूँ !
तू शायर है,
मैं तेरी शाम जानता हूँ।

मुस्कुराता चेहरा

कभी किसी रोज़ फ़िर कहीं मिले अगर,

देख मुझे बस एक दफ़ा मुस्कुरा देना,

मालूम है तुम फ़िर से कहीं खो जाओगी,

पर इस बार यादों को

एक मुस्कुराता चेहरा ज़रूर दे जाओगी।

दर्द

सिसकती आँखों से छलकते अश्कों ने होठों को अभी
छुआ कहाँ है...

दर्द अभी दिल तक है,

रूह को अंदाज़ा अभी हुआ कहाँ है।

अश्क भरी कलम

ये दिन बीत जाते हैं, ये रातें भी कट जाती हैं

बस दरमियाँ जो ये शाम है, कमबख़्त बड़ा रुलाती है

पर अब तो शायर सा हो गया हूँ, कुछ ज़ाया नहीं
करता

भर लेता हूँ अश्कों से ही, जब भी ये कलम सूख
जाती है।

हर रात बदली है

यकीन मानो, तुम्हारी याद में कुछ तो बात बदली है..
मेरे दिन भले ही ना बदले, मेरी हर रात बदली है।

सच कह रहा हूँ

मैं खुद को भी खो दूँ, जो तू कुछ पाए
अपनी खुशियाँ भी रो दूँ, जो तू मुस्काए
पर अब जो तू ही रूठ गई...
मैं कुछ पा भी लूँ, कुछ मिलता नहीं
खुशियों में भी ये चेहरा अब खिलता नहीं।

कई दिन

कई दिन बीत गए, तुम्हें कागज़ पर उतारा नहीं
पर तुम घबराना मत, मैं तुमसे एक दफ़ा हार भी जाऊँ
ये दिल अब तक हारा नहीं।

तेरे काबिल

कि मैं लिखूं बस तुझे ही, जो तू हासिल हो
पर फ़िर मेरे शब्द भी तो तेरे काबिल हों।

हमें

गर बस में होता भूल पाना,
यकीन मानो महज़ तुम्हें नहीं, हमें भूल जाता।

हँसी

सब दोस्त पूछ रहे थे
इतना उदास क्यों रहता है आजकल।
मैं भी उन्हें समझा आया,
भूलना सीख रहा हूँ, 'हँसी' से शुरूआत की है।

गलत सवाल

बेहद प्यार करते थे उससे ?
हर कोई यही पूछता है अब ।
और इस सवाल की नादानी पर मुस्कुरा मैं बस
उन्हें ' हूँ ' कह आता हूँ।

वफ़ा

नहीं तुम्हें कुछ कहने की ज़रुरत नहीं,
तुमसे ज़्यादा वफ़ा तुम्हारी आँखों ने निभाई मुझसे।

मुख़्तसर बरक़त

लाज़मी नहीं तुम्हारा मुझसे यूँ रुखसत हो जाना

मुझ फ़कीर से मेरी मुख़्तसर बरक़त चुराना

यूँ तो तलब नहीं मुझे तुम्हारी

पर अच्छा नहीं लगता, दरमियाँ यूँ दूरियों का आना।

सपनों की शिकायत

अब नींद में ही मुस्कुराता हूँ,
तुम कहीं और मुझे वक़्त, अब देती भी नहीं
और सुनो
हमें मिलना जुलना थोड़ा कम करना होगा,
मेरे सपने हर सुबह शिकायत लिये
सिरहाने तक आते हैं।

ख़ुदगर्ज़ हूँ

खुद ही से रूठता हूँ अब, खुद ही को मना भी लेता हूँ,

कुछ कविताएँ हैं लिखी अकेले में, अब खुद ही को सुना भी लेता हूँ।

भीड़ का हिस्सा

खुद को अलग कहता था जिनसे कल तक

आज हूबहू उन्ही सा हो गया हूँ

मैं इस भीड़ में कहीं खो गया हूँ

हाँ मैं भी भीड़ का हिस्सा हो गया हूँ।

दोस्त

कि मिलने तो आज भी कई लोग आते हैं,
फ़र्क सिर्फ इतना है,
ये वो हैं जो पहले दरवाज़ा खटखटाते हैं।

कुमार विश्वास को समर्पित
तेरा दर

कोई पानी को तड़पा है, तो कोई मदिरा में झूमा है,

कोई छत को भी है तरसे, तो कोई दुनिया भी घूमा है,

मिन्नतें सब ही हैं करते, भले ही तू नहीं सुनता,

कोई राजा हो या हो रंक, तेरे दर को ही चूमा है।

माँ

आज मज़ाक में माँ से बोला "माँ, तू कहे तो मैं तेरे लिए चाँद-तारे तोड़ लाऊँ।"

माँ बोली "तू यहाँ रुक जा बस मेरे पास, मुझे और कुछ नहीं चाहिए।"

माँ मज़ाक नहीं कर रही थी।

रक़ीब

बड़ी खुबसूरत है ये दुनिया
फिर भी कितनी अजीब है,
हर चेहरे पर ही नक़ाब
हर चेहरा ही रक़ीब है।

मैं शायर नहीं

एकाकीपन के कागजों पर उदासी के कुछ लफ्ज़
बिखेर देता हूँ,

नहीं मैं शायर नहीं।

बनावटी वजह

अब वजह ढूँढनी पड़ती है खुश रहने की...
अकेले में मुस्कुराए बहुत वक़्त हो चला है।

लिखे जज़्बात

दिल की बातें अब लिख ही के कहता हूँ...
सामने किसी के अब जज़्बात उभरते नहीं।

हिसाब

बीच रात नम हुई आँखों का हिसाब चाहती हैं
जागती रातें अब मुझसे
एक लाज़मी जवाब चाहती हैं।

कातिब

कोरे कागज़ों को शब्दों से गढ़ता हूँ...
कातिब हूँ दोस्त,
ख़ुद ही के किस्से मुशायरों में पढ़ता हूँ।

ख़ूबसीरत

गर आईने में महज़ सूरत नहीं,
अपनी सीरत देख भी मुस्कुरा सको!
तो हाँ,
वाकई ख़ूबसूरत हो तुम।

सपनों का अंत

सपनों का अंत तुम्हें याद होगा,
शुरुआत नहीं
धुंधला-धुंधला सब उठने बाद होगा,
बीती रात नहीं।

खामखाँ

तू खामखाँ ही ख्वाब देखता है,

कि तू चेहरे नहीं,

नक़ाब देखता है।

"अनीर"

अनीर आँसू

आज मैं अनीर रो दिया
कि जज़्बातों के सैलाब उमड़े
और पानी की एक बूंद भी ना टपकी।

बेखुदी

ख़ुद ही की बेखुदी को ख़ुदा कर दिया...
अभी तेरा था ही कहाँ अनीर,
जिसे तूने ख़ुद से जुदा कर दिया।

तकलीफ़

ख़ुद ही के खालीपन में जो तू इतना मसरूफ़ है...
गलती किसी एक की थी अनीर,
तुझे तमाम दुनिया से क्या तकलीफ़ है।

"कुछ सवाल"

१

वास्तिवक लिखते हो या किस्से काल्पनिक हैं ?

किस्से तो अक्सर काल्पनिक ही होते हैं,

मैं जज़्बात लिखता हूँ।

२

तुम नशा करते हो ?

एक दफ़ा किया था बस,

अब रोज़ उतारने की कोशिश करता हूँ।

३

बेहद दर्द है तुम्हारी कविताओं में,

कुछ हुआ था, क्या कहानी है तुम्हारी ?

मुझे बताने में कोई हर्ज़ नहीं,

पर तकलीफ़ आपको होगी।

मोहब्बत

हाँ खुशनुमा सा एक एहसास है मोहब्बत

सूखे पत्तों के लबों पर दबी प्यास है मोहब्बत

राह भटके मुसाफिर को मंजिल की आख़िरी आस है
मोहब्बत

सरहद पर शहीद के लिए तिरंगे का लिबास है
मोहब्बत

तवाइफ की आँखों में जगी एक उम्मीद एक विश्वास है
मोहब्बत

बच्चे की किलकारी सुन, रोती माँ को मिले सुकून का
आभास है मोहब्बत

सबकी अपनी परिभाषा है, कुछ मुकम्मल है , कुछ
अधूरी है

मेरी तुमसे है, तुम ना हो ना सही, मेरी मोहब्बत
पूरी है।

राहों के हमसफ़र

चल चलते हैं आज वही उस ओर, उसी डगर,

जहाँ गुमनाम हैं रास्ते, पर है सुहाना सफ़र,

जहाँ जाते तो हैं कई हाथ थाम, कई वादे कर,

पर ढूंढते हैं मंज़िल, भूल जाते हैं अपना राहगुज़र,

हम चलेंगे वहाँ बिना किसी वादे, बिना किसी डर,

साथ निभाते हुए एक दूसरे का,

हम राहों के हमसफ़र, बेफिक्र, बेपरवाह उम्र भर।

कटी पतंग

कटी पतंग सी ज़िन्दगी लिए, मैं उड़ता जा रहा था,

कईयों की नज़र में आया, सबने ही लूटने को हाथ बढ़ाया,

आखिर मैंने भी हार मान ली, गिर गया था दम तोड़ कर,

इंतज़ार था अब तो बस लुटे जाने का,

कईयों ने हक जमाया, पर उस भीड़ में तुम अलग थी,

तुमने मुझे उठाया, अपने सीने से लगाया,

ले गयी उन लूटेरों से दूर अपनी दुनियाँ में,

तुम ही ने मुझे अपनाया, मुझे फ़िरसे उड़ना सिखाया,

अब तो बस यही अरमान है,

कि तुम ही मुझे यूँ उड़ाती रहो,

बस इस पतंग को अब कभी लुटने मत देना,

ये डोर कभी भी कटने मत देना।

एक कविता सा

तुझे न अपने शब्दों में चुरा लूँगा

एक कविता सा बना लूँगा

लिख लूँगा तुझे डायरी में, सारी दुनिया से छुपा लूँगा।

पढ़ लूँगा तुझे जब होगा मन उदास-उदास

मैं फ़िर सारे सपने सजा लूँगा,

तुझे नहीं पढ़ूंगा मुशायरों में कभी, तू मेरी होगी बस,

तुझे सीने से लगा,

मैं ख़ुदको फ़िर एक नींद सुला लूँगा,

मैं तुझे अपनी कविता बना लूँगा।

एक ख्याल

तू शब्द हो जाती मेरे,

मैं तेरी कही हर बात हो जाता

तू मज़हब हो जाती मेरा,

और मैं तेरी ज़ात हो जाता

तू पढ़ लेती मुझे कभी, मैं सभी को ज्ञात हो जाता

तू दिन हो जाती मेरे,

और मैं तेरी

हर रात हो जाता।

फ़कीर की शहज़ादी

घना कोहरा था उस रोज़, धीमी बरसात भी हो रही
थी,

सूरज चमक रहा था वहीं, जहाँ अंधेरी रात भी हो
रही थी,

शोर था उस सन्नाटे में, आँसू भी मुस्कुरा रहे थे,

कूद के गहराई में, हम नाजाने क्यों आसमान पर छा
रहे थे,

झूठ था उस सच्चाई में, तुमने हँसकर जो बोला था,

यकीन तो मैंने तब भी किया, ये ज़हर तुमने शहद में
जो घोला था,

आबाद हुआ मैं उस दिन अपनी ही बर्बादी में,

क्योंकि मुझ फ़कीर को तो लूटा था, मेरी ही शहज़ादी
ने।

एक सवाल पूछना

जब कभी तुम्हें ये ख़्याल आए,

'मेरे बिना वो आज भी रो रहा होगा',

आईने में ख़ुद को देख एक सवाल पूछना

'क्या मैंने सही किया ?'

अगर जवाब 'ना' आ,

तो तुम्हारा ख़्याल महज़ एक शक़ था

पर अगर कहीं जवाब 'हाँ' आए,

तो यकीन मानो,

तुम्हारा शक़ सच था।

जी रहा हूँ मैं

आज भी अश्कों को पी रहा हूँ मैं,

हाँ, आज भी जी रहा हूँ मैं,

तुझे लगता है, तुझे भूल आगे बढ़ गया,

नासमझ है तू,

आज भी ख़ुशी के उन पलों को समेटता हूँ,

मैं काफ़िर,

इन हवाओं से साँसें उधार ले,

तेरा उधार चुकाने के खातिर,

गैरों के लिए,

अर्सों से इस चेहरे पर मुस्कान सी रहा हूँ मैं,

अगर यही है जीना, तो हाँ,

आज भी जी रहा हूँ मैं।

कमी

कमी ना मुझमे थी, कमी ना तुझमे थी

कमी तो उस रुत, हमारी सुध में थी

बेख़ौफ़, बेपरवाह हम यूँ चल रहे थे

कि राहों में ही मंज़िल को जीने लगे थे

अनदेखा उन आहटों को जो हमने किया,

बौखला, उन्होंने हमसे हमारी रूह को ही छीन लिया

कमी तो आज भी ना मुझमे है, ना तुझमे है

कमी आज भी इस रुत, हमारी सुध में है

अब हम चल तो रहे हैं पर राहें अलग हैं

बस इस उम्मीद पर ज़िन्दा हैं कि

कहीं अकस्मात उस मंज़िल पर ही मिल जाएँ।

बेड़ा पार

लबों को झूठ बोलना सिखा रहा हूँ मैं

दिल को भी समझा रहा हूँ मैं

वो जो कसमें वादे मैं कर आया था

उनकी वास्तविकता से खुद ही को रूबरू करा रहा हूँ
मैं।

बेशक तब सच मान बैठा था

इन पेचिदगियों से अनजान बैठा था।

अब दुनिया को प्यार का पाठ पढ़ा रहा हूँ मैं

जो खेल, खेल भी नहीं पाया,

उसके नियम-कानून बना रहा हूँ मैं।

अजीब बात तो ये है कि,

जहाँ मेरी खुद की नइया डूब गई,

वहाँ दूसरों का बेड़ा पार लगा रहा हूँ मैं।

बड़ा हो गया हूँ मैं

अब पहले जैसी बात नहीं रही, अब बड़ा हो गया हूँ मैं,

अब अपने फ़ैसले खुद लेता हूँ, क्या करना है, क्या नहीं,

खुद ही सोचता हूँ मैं,

अब माँ प्यार से खाना नहीं खिलाती, अब पापा भी कुछ नहीं समझाते

दीदी भइया की तो अब अपनी कहानी है, उनके साथ मस्ती मज़ाक, वो बात अब पुरानी है

अब मैं रोता हूँ तो सब वजह पूछते हैं, कोई बिन कुछ पूछे गले नहीं लगाता, अब तो मुझे किसी के कंधे पे सर रख रोना भी नहीं आता।

अब तो मुस्कुरा देता हूँ अक्सर हर किसी की बात पे, अब रूठने – मनाने में भी मज़ा नहीं आता,

और जब लोग कहते हैं ना कि बदल गए हो तुम, हँसकर कह देता हूँ उनसे , शायद बड़ा हो गया हूँ मैं।

सवाल

दरबदर ना भटका करता हुआ तेरी तलाश में

वाकिफ़ ख़ुद से भी था, करता था तुझपर भी विश्वास
मैं

कि कुछ तो अलग था मुझमें, था कुछ तो ख़ास मैं

सब कुछ, सब कुछ ही सही था

फ़िर किस गुनाह की सजा सुना दी तूने मुझे

बस वजह बता दे

कर नहीं पा रहा तेरा मौन बर्दाश्त मैं।

सपने

सब मुग्ध यहाँ उन सपनों में हैं मन में जिन्हें संजोया है

माला की खनक तो कानों में है,

पर मोतियों को कहाँ किसी ने पिरोया है

भर उड़ान इस नील गगन में पीछे सब कुछ छोड़ चले हैं

सिसकती आँखों में जो धूल गयी है,

अभी पहली मर्तबान ही उन्हें भिगोया है

उदास चेहरा और मायूस हंसी, ये बात तो अब आम होगी,

कैसे कहूँ और किससे कहूँ

इसी जद्दोजहद में अब शाम होगी

काले इस उजाले में शुरुआत में सब सुन्हेरा लगेगा

एहसास तो कमियों का तब होगा,

जब जलने को दिये में कुछ नहीं बचेगा।

'मैं' भी 'हम' हूँ

शायद ज़िन्दगी एक पहेली ही बन गई है।

मैं जवाब तलाशता हूँ ,

ये नए सवाल खड़े कर देती है

कभी-कभी तो अपने अस्तित्व पर ही यकीन नहीं होता ,

मैं कुछ मायने रखता हूँ या नहीं

मैं हूँ भी या नहीं ,

पर फ़िर इस 'मैं' से ही जवाब मिलते हैं

क्योंकि मैं तो कभी था ही नहीं

ये सारा खेल ही तो उनका है

वो कहें तो मैं हूँ

वो 'न' कहें तो मैं नहीं

क्योंकि वो ही तो सब नियम बनाते हैं

सही-गलत में फ़र्क बताते हैं

पर अब उन्हें ये कौन समझाए

एक एक 'मैं' मिलके ही 'हम' बनाते हैं।

अपना घर

गाँव में हो या कसबे में

ऊँची ईमारत में या किनारे किसी रस्ते के

अपने घर की बात ही कुछ और है

वहाँ के जज़्बात ही कुछ और हैं।

सुबह के नाश्ते पर छिड़ी बहस, शाम की चाय पर
सुलझ जाती है

रात में तो फ़िर साथ बैठ, बस ठहाकों की गूंज आती
है

मम्मी का सुबह उठाना, पापा से फ़िर डांट खाना

भईया की वो मीठी चुटकी, दीदी का वो रोज़
समझाना

दूर देश जब चले जाते हैं,

याद बहुत ये पल आते हैं,

कभी चेहरे पर मुस्कान आ जाती है

तो कभी फ़िर यूहीं आँख भर आती है

लौट के फ़िर जब घर को आते हैं,

माँ के जब सीने से लग जाते हैं,

सारे दुखों का अँधेरा होता है,

ज़िन्दगी में फ़िर सुन्हेरा सवेरा होता है।

शायर का सपना

कोई ना था अकेला, ना कोई उदास

ना कोई भाग-दौड़ थी, हर ओर था सुकूं का एहसास

अमीर-गरीब में ना कोई अंतर, जाति-रंग से ना कोई
भिन्न

प्रेम, विश्वास, सच्चाई, सहायता, थे मानवता के ये
चिह्न

हर तरफ़ ही थी फैली हरयाली

किसी के भी अरमानो की

ना होती थी रात काली

अलग ही था वो जहाँ, जिसे वो समझता था अपना

नासमझ था वो शायर,

देख बैठा एक नामुमकिन सपना।

वो कौन थी

वो बीच शहर का गाँव थी... तपती धूप की वो छाँव थी

वो बदहवासी का ठहराव थी... आसमां की वो नाव थी

वो सूखे की बरसात थी... सुन्हेरी सी वो इक रात थी

वो अनपढ़ों को ज्ञात थी... चुप्पी वाली इक बात थी

वो बंजरो का गुलाब थी... खुली आँखों का वो इक
ख्वाब थी

वो अंधियारे का चिराग थी... बुझ चुकी सी इक आग थी

वो गुमनामी की पहचान थी... मूक की वो जुबान थी

वो उत्सुक का ध्यान थी... बेतुक शब्दों का वो गान थी

वो कटी पतंग की डोर थी... गुमसुम सा इक शोर थी

वो रेगिस्तान का मोर थी...रैना की वो भोर थी

वो फीकेपन का स्वाद थी... बिसरी सी इक याद थी

वो समानता का अपवाद थी... बेड़ियों सी वो आज़ाद थी

वो नील समंदर की प्यास थी... दूर सी वो पास थी

वो अंतहीन का व्यास थी... भविष्य का वो इतिहास थी

वो सन्नाटे की झंकार थी... सोम सी वो इतवार थी

वो इनकार का इकरार थी... बेरुखी का वो प्यार थी

वो सच थी या वो झूठ थी... या मेरी कल्पनाओं का
अभिभूत थी

वो थी भी या वो थी ही नहीं... वो थी अगर तो वो
कौन थी...।

एक अलग कहानी

आज किसी से बात हुई

अर्सों बाद ऐसी रात हुई

मैं भी जागा, वो भी जागी

चलो कहीं से तो शुरुआत हुई।

फ़िर बात बढ़ी थोड़ी आगे

वो लाइन दे रही थी, मैंने भी गोले दागे

जब मौक़ा है तो चौका क्यों न मारूं

पहली बार हुआ था,

मेरे सपने कुछ नींद से जागे।

धीरे-धीरे पटाया, उसे मिलने बुलाया

बड़ी जद्दोजहद के बाद, हमारा डी-डे आया

बहुत कुछ ट्राई किया,

पर कुछ समझ नहीं आ रहा था

अबे यूनिफ़ॉर्म पहन जा,

कुछ काबिल दोस्तों ने समझाया।

आँखे हमारी जब चार हुई

कुछ इस कदर लगातार हुई

साँसे चढ़ी, धड़कन बढ़ी

दिल में बमबारी भरमार हुई।

पहले हाथ मिलाया, फ़िर गले लगाया

ज़्यादा एक्सपिरिएन्स्ड भी नहीं हूँ,

इतना ही कर पाया

पर कुछ अच्छा सा था, आँखें चमक रहीं थी उसकी

मन में लड्डू फूटे,

शायद मैं उसे पसंद आया।

इत्तेफ़ाक की बात थी, दिन इतवार का था

मेरे पास तो वक़्त था ही,

उसे भी रुकने से इनकार न था

बात लम्बी चली, फ़िर भीड़ थोड़ी खली

अरे शरीफ़ खानदान से हूँ,

टाइम-पास नहीं, ये मामला प्यार का था।

फ़िर मुलाकातों का सिलसिला शुरू हुआ

वो मुझसे, मैं उससे रूबरू हुआ

आगे के स्टेप्स में कमज़ोर था, पर दिक्कत कैसी,

इन्टरनेट का ज़माना है,

पढ़-पढ़ कर गो-थ्रू हुआ।

खुशनुमा सा मौसम था,

बम्बई की बरसात थी

मैं था, वो थी और एक सुहानी रात थी
ख़ामोशी थी, थोड़ी झिझक भी थी
अब समझ भी जाओ,
उस रात में कुछ तो बात थी।

अर्सा बीत गया है,
अब उसे कविताओं में पढ़ता हूँ
कुछ बदला नहीं है,
आज भी उतनी ही मोहब्बत करता हूँ
और सबसे अच्छी बात ये है कि
जैसा आप सोच रहे हैं, वैसा बिल्कुल नहीं है,
वो भी मुझपर उतना ही मरती है,
जितना मैं उसपर मरता हूँ।

मैं सो जाता हूँ

मैं उसके लबों पर खो जाता हूँ

कुछ उसकी बातों सा हो जाता हूँ

वो बोल देती है कभी मुझे

तो कभी उसकी चुप्पी में... मैं भी सो जाता हूँ।

मैं उसके बालों में खो जाता हूँ

कुछ उसकी उलझन सा हो जाता हूँ

वो सवार लेती है कभी मुझे

तो कभी उसकी लट में छिप... मैं भी सो जाता हूँ।

मैं उसके नयनों में खो जाता हूँ

कुछ उसकी नज़रों सा हो जाता हूँ

वो देख लेती है कभी मुझे

तो कभी उसकी नींद में... मैं भी सो जाता हूँ।

मैं उसके जिस्म में खो जाता हूँ
कुछ उसके स्पर्श सा हो जाता हूँ
वो छू लेती है कभी मुझे
तो कभी उसे ओढ़ ही... मैं भी सो जाता हूँ।

झूठा सही, प्यार जतादे

तेरे इश्क़ में पगली पागल हूँ

तू नील समंदर, बादल हूँ

बनजा बारिश, प्यास बुझादे

झूठा सही, प्यार जतादे।

मैं भटका मुसाफ़िर, तू मंजिल बनजा

मैं अधूरा काफ़िर, मुझे कामिल करजा

उंगली पकड़, मुझे चलना सिखादे

झूठा सही, प्यार जतादे।

ज़िंदगी मान बैठा हूँ तुझे, बाकी सब भुला

आ तू मुझसे मिल, मुझे मुझसे मिला

भले इस अधजले को तू पूरा जलादे

झूठा सही, प्यार जतादे।

तेरे सपनों का मैं आदि हूँ

अपने दिल का अपराधी हूँ

मुकदमा तू मुझपे चलवादे

झूठा सही, प्यार जतादे।

तर्क-वितर्क मैं ना जानूँ

अपना गुनाह भी ना पहचानूँ

मुझको सजा, अब तू ही सुनादे

झूठा सही, प्यार जतादे।

तेरे कहने भर से मर जाऊंगा

पगली, हँसते-हँसते सूली चढ़ जाऊँगा

मुलज़िम हूँ, तू मुज़रिम ठहरादे

झूठा सही, प्यार जतादे।

मरकर भी तुझे कहाँ भूल पाऊँगा
रूह में बसी है तू, बता कैसे मिटाऊँगा
कुछ ऐसा कर कि मेरी रूह तक जलादे
झूठा सही, प्यार जतादे।

लबों पर नाम तेरा, मैं बस तुझे गुनगुनाता हूँ
लिखूँ तो, आज भी बस तुझे ही लिख पाता हूँ
तू फ़िर तुझसी होजा, मुझे फ़िर मुझसा बनादे
हाँ झूठा ही सही, बस एक दफ़ा प्यार जतादे।

एक लड़का था

१

एक लड़का था, थोड़ा अलग थोड़ा अजीब

अपनी दुनिया में खोया, कुछ कविताओं के करीब

थोड़ी नादानी थी उसमें, हल्का बचपना था

पर कुछ करना था उसे, उसका भी एक सपना था

कोई समझ नहीं पाता था, उसे समझाना भी नहीं
आता था

अपनो को भरोसा ही नहीं था, गैरों का वो पाना भी
नहीं चाहता था

समझदार लोगों की इस दुनिया में शायद उसकी
नादानी झलक गई,

इस शोर गुल तमाशे में, 'खामोशी' उसकी बेहद
नीचे दब गई।

२

लोगों ने फ़िर उसे समझाया, उसे मिल-जुलकर रहना सिखाया

बोले थोड़ी दुनिया देखो, थोड़ा उसका 'सन्सकार' बढ़ाया

वो भी बात माना, थोड़ा खुद से उलझा

खुद ही खुद से हार मान, थोड़ा समाज के लिए सुलझा

कुछ उसने तौर तरीके सीखे, कुछ नए कदम उठाए

जैसा सब चाहते थे, वैसे ही उसने व्यवहार अपनाए

बदल रहा था वो, पर कुछ बदलाव नहीं आ रहा था

किसी और के दिखाए रस्ते पर, वो बस आँख मूंद चला जा रहा था।

३

काफ़ी आगे निकल गया था वो अब, पीछे कुछ नज़र
नहीं आ रहा था

समझदार दुनिया के बहकावे में आ, वो नादान खुद
ही से दूर जा रहा था

आखिर उसकी भी हिम्मत टूटी, उसके कदम कुछ
लड़खड़ाए

क्यों और किसके लिए कर रहा हूँ ये सब, ऐसे कुछ
सवाल सामने आए

उसके मन में चल रहे सवालों का किसी के पास कोई
जवाब नहीं था

अब जो वो टूट के बैठा था, क्यों किसी के पास
कोई सुझाव नहीं था

फ़िर लौट गया वो उसी दुनिया में, जहाँ से कभी वो
आया था

फ़र्क सिर्फ़ इतना था,

जो पल कभी सुकून के होते थे, उनपर बस अब
धुंधली यादों का एक साया था।

पियूष मिश्रा साहब को समर्पित
कुछ इश्क़ किया, कुछ काम किया

वो काम भला क्या काम हुआ

कि मिले ना छुट्टी अर्ज़ी से

वो इश्क़ भला क्या इश्क़ हुआ

जो चले समाज की मर्ज़ी से

वो काम भला क्या काम हुआ

जिसमें रात भी जगना पड़ जाए

वो इश्क़ भला क्या इश्क़ हुआ

कि नींद बीच में अड़ जाए

वो काम भला क्या काम हुआ

कि कार्यालय में नाम ना हो

वो इश्क़ भला क्या इश्क़ हुआ

मोहल्ले में जो बदनाम ना हो

वो काम भला क्या काम हुआ
जिसमें वेतन फ़िक्स ना हो
वो इश्क़ भला क्या इश्क़ हुआ
कि बाप से पिटने का रिस्क ना हो

वो काम भला क्या काम हुआ
विदेशी चक्कर भी ना लगवाए
वो इश्क़ भला क्या इश्क़ हुआ
जो सिमट चारदीवारी में रह जाए

वो काम भला क्या काम हुआ
तुम करे जाओ वो हो ना पाए
वो इश्क़ भला क्या इश्क़ हुआ

पल भर में जिसमें मन भर जाए

वो काम भला क्या काम हुआ
कि बोतल घर की खाली हो
वो इश्क़ भला क्या इश्क़ हुआ
जो एक हाथ की ताली हो

वो काम भला क्या काम हुआ
कि बीन बजे तुम नाच दिखाओ
वो इश्क़ भला क्या इश्क़ हुआ
माशूक़ा के आगे दुम हिलाओ

वो काम भला क्या काम हुआ
जो ना मुताबिक मन के हो
वो इश्क़ भला क्या इश्क़ हुआ
रत सपने सारे तन के हो

क्या मुस्कुराते हो तुम भी कभी ?

जब माँ सुबह बार-बार उठाती हैं

मैं उठता नहीं, वो बड़ा ज़ोर चिल्लाती हैं

वो थक हार जब कहती हैं, उठाऊँगी नहीं फ़िर तुझे
कभी

मैं उठ खड़ा झट से हो जाता हूँ

और मुस्कुरा देता हूँ बस यूँही।

जब पापा हर शाम फटकार लगाते हैं

कोई काम-धंधा नहीं तुझे, बड़ा भयंकर सुनाते हैं

निराश हो जब कहते हैं, कोई असर नहीं पड़ना
तुझपर कभी

मैं किताब खोल फट से बैठ जाता हूँ

और मुस्कुरा देता हूँ बस यूँही।

जब दीदी कभी कुछ समझाती हैं

मैं मुँह बना लूँ, वो चिढ़ जाती हैं

परेशां हो जब कहती हैं, इसलिए नहीं समझाती तुझे
कुछ कभी

मैं मुँह सवार चुप से बैठ जाता हूँ

और मुस्कुरा देता हूँ बस यूँही।

जब भईया मुझे बैठा गणित पढ़ाते हैं

मैं ध्यान ना दूँ, वो बिलख जाते हैं

आग-बबूला हो जब कहते हैं, तेरा नहीं होना कुछ
कभी

मैं कलम उठा सवाल बनाने लग जाता हूँ

और मुस्कुरा देता हूँ बस यूँही।

जब मैडम कभी प्यार के नए गुर सिखाती हैं

मैं हंसी उड़ादूँ, वो रूठ जाती हैं

उदास हो जब कहती हैं, तुमने प्यार नहीं किया ना
मुझसे कभी

मैं गले लगा उन्हें यही कविता सुना देता हूँ

और फ़िर मुस्कुरा देता हूँ बस यूँही।

डायरी से

१४ फ़रवरी २०१६

मै भी कितना अजीब हूँ

आज भी तुम्हें याद करता हूँ

वही पुराने किस्से रोज़ पढ़ता हूँ

हर रोज़ सोचता हूँ कि तुम्हें भूल जाऊंगा

पर कैसे मुम्किन है,

भूलने भी जब सोचता हूँ, सोचता तो तुम्हें ही हूँ

आज भी धुंधली नहीं हुई तुम ज़हन में

बराबर तस्वीर है तुम्हारी,

धूल तक नहीं जमने दी मैंने...

और एक तुम हो जो कहती हो

'आगे बढ़ जाओ, भूल जाओ मुझे'

कितनी नादाँ हो तुम अब भी

बिलकुल पहले की ही तरह, समझती नहीं हो
चाहती हो तुम मुझे!
बिलकुल वैसे ही, ठीक उतना ही,
जितना मैं तुम्हें चाहता हूँ
बस तुम मानती ही नहीं,
तुम भी कितनी अजीब हो और
मैं भी कितना अजीब हूँ।

२२ मार्च २०१६

कर दी शिकायत तुमने !

कि मैं तुम्हें अब नहीं चाहता,

मैं बदल सा रहा हूँ,

तुमसे ऊब सा गया हूँ,

अब तुम पर उतना ध्यान नहीं देता,

तुमसे नज़रें चुराता हूँ ।

पर सोचा तो होता एक बार, आखिर क्यों !

मै तुम्हें अब पहले जैसा नहीं चाहता क्योंकि

ये अब बस चाहत नहीं रही,

ज़िन्दगी सी हो गयी हो तुम,

हाँ, बदल गया हूँ,

तुम्हारे लिए और बेहतर जो होना चाहता हूँ,

तुम्हें अपनी गलतियां बार-बार माफ़ करता देख ऊब
गया हूँ,

और तुमपर ध्यान दूँ भी तो कैसे
तुम तुम्हारे लिए कभी कुछ करने ही नहीं देती,
सिर्फ़ तुमसे ही नहीं, खुदसे भी नज़रें चुराता हूँ
मैं बस तुम्हारे लायक बनना चाहता हूँ।

२० जुलाई २०१६

देखो फ़िर एक रात बीतने को आई है,

आज भी सारी रात नहीं सोया,

पर तुम जानती हो कि अजीब बात क्या है !

ये, ये जो मैं अभी कर रहा हूँ

मैं ये लिख रहा हूँ,

मतलब मैं तुमसे इस कदर हार चूका हूँ कि
अब और कोई

आरज़ू, तमन्ना, ख़्वाइश, चाह,

ख़ुशी, शौक, मन-मर्ज़ी बची ही नहीं है।

और मैं सोचता हूँ कि

जो ये मेरे मन में इतनी बातें हैं,

ये जो सारे सवाल हैं,

जो मुझे रात दर रात सोने नहीं देते,

इनका वजूद ही क्या है !

क्योंकि मैं जनता हूँ कि

इत्तफ़ाकन कभी अगर हम फ़िर रूबरू हो भी गए,

तो मेरी जुबां से एक लफ्ज़ न निकल सकेगा।

मेरी चुप्पी फ़िर तुमसे हार जाएगी

और तुम ऐसे बर्ताव करोगी जैसे

कभी कुछ हुआ ही न हो,

सब ठीक हो, जैसा था बिलकुल वैसा ही,

मैं जनता हूँ,

तुम अपने शब्द मुझसे भी बेहतर तरीके से चुनोगी

अपनी बात में अहतियात बर्तोगी,

और फ़िर मैं उसी तरह तुम्हें कबूल लूँगा

जैसे एक बंज़र ज़मीं बिन बादल की बरसात को
कबूलती है।

उसे, उसे कोई फ़र्क नहीं पड़ता कि

ये बरसात कितनी और कब तक होगी,

उसे तो बस तब तक तर होना होता है

जब तक वो बरसात उसे भीगा रही है।

२८ सितम्बर २०१६

सच कहूँ तो बस एक सवाल था मन में,

नहीं ये नहीं कि क्या हुआ था,

तुम क्यों चली गयी, मेरी गलती क्या थी,

आखिर ऐसा क्या गलत हो गया,

ये सब बिल्कुल नहीं !

बस ये कि

मैंने जो जिया, वो तो सच था ना ?

०४ जनवरी २०१७

एक बात कहूँ,

बुरा तो नहीं मानोगी

नहीं तुम नहीं मानोगी, मैं जनता हूँ

मैं ना तुम्हें कभी समझ नहीं पाया,

ना जब हम साथ थे तब और

ना अब जब तुम गुम गयी हो कहीं मुझसे।

अपनी तारीफ़ नहीं कर रहा पर,

मैं आँख परख इंसान को समझ लेता हूँ,

चाहे कोई भी क्यों ना हो।

सिर्फ़ एक तुम हो जिसे आजतक नहीं समझ पाया।

और इसके बस दो ही कारण हो सकते हैं,

या तो तुम इतनी गलत हो जितना

मैं समझ नहीं सकता

या फ़िर तुम इतनी सुन्दर हो

जितना आजतक कभी कोई हुआ ही नहीं।

आख़िरी बात

सुनो, कुछ कहना था तुमसे...

नहीं, कोई शिकायत नहीं... आज कोई शिकायत नहीं

बस एक बात थी जो हर बार कहते-कहते रह जाता हूँ

सोचा, आज कह दूँ, आख़िरी मुलाकात जो है।

तुम ना मेरी ज़िन्दगी का सबसे खूबसूरत एहसास हो,

आज भी बेवजह मुस्कुरा जाता हूँ,

जो तुम कभी ज़हन में आती हो

महफ़िल में सब पागल समझते हैं...

अब उन्हें क्या मालूम, तुम हर पल मेरे साथ रहती हो

मैं तुमसे प्यार करता था, करता हूँ और हमेशा करता
रहूँगा

पर हर अच्छी चीज़ का अंत होता है

और ये तुम्हारा है

इस किताब के साथ तुम भी खत्म हो जाओगी मेरी
ज़िन्दगी से,

कोई शिकायत नहीं है मुझे तुमसे

क्योंकि तुम न होती तो ये शब्द भी न होते।
शुक्रिया आने के लिए और मुझे पढ़ने के लिए
और हाँ एक आख़िरी बात,

"अलविदा"

अभिस्वीकृति

मैंने कभी नहीं सोचा था कि ज़िन्दगी में कभी कविताएँ लिखूँगा, या लिख सकता हूँ, पर फ़िर सब कुछ इंसान की सोच के मुताबिक़ होने लगे तो ज़िन्दगी में रोमांच कहाँ रहेगा। और अब अपनी ही कविताओं के संग्रह की एक किताब लिखी है, सच कहूँ तो जब आप किताब पढ़ रहे होंगे तब भी मुझे यकीन नहीं हुआ होगा कि ये सच है, वैसे भी अक्सर सपनों में ही रहता हूँ।

पर ये एक सच है, और इस सच को हकीक़त बनाने के पीछे मुझसे कहीं ज़्यादा कई और बेहद ख़ूबसूरत शख़्सियतों का हाथ है। सबसे पहले तो उनका जिन्हें मैं लिखता हूँ, नहीं नाम नहीं लूँगा, माफ़ कीजियेगा।

पर उन्होंने महज़ एक कारण दिया, ज़रिया नहीं। यहाँ मेरी कहानी में दोस्तों ने बख़ूबी अपना किरदार निभाया। कुछ नाम हैं जिनके बिना ये सच आज भी एक सपना ही होता, जो मैं लेना चाहूँगा।

सबसे पहला नाम जो ज़हन में आता है, वो है दीपाली गुप्ता, इस किताब का श्रेय सबसे ज़्यादा किसी को

जाता है तो वो दीपाली हैं। और मेरे बेहद करीबी दोस्त,अभिषेक कुमार, अंजली राज, अंश वर्मा, दानियल सईद, हर्ष शर्मा, मोहम्मद इश्तियाक़ आलम, रिधिमा पुन्शी, सुमित झा, सूरज पाठक और कई और, (ये फ़ेहरिस्त खत्म नहीं होगी) जिनकी मदद के बिना ये संभव नहीं था।

मेरा परिवार,माँ, पापा, दीदी, भईया जिन्होंने ज़िन्दगी के हर कदम पर मेरा साथ दिया है।मैं बस आप सभी का तहेदिल से एक बार शुक्रिया अदा करना चाहता हूँ,ये आप सभी के लिए क्योंकि और कुछ तो है भी नहीं मेरे पास देने के लिए बस, मैं,मेरे जज़्बात और हमें जोड़कर बने ये स्याही के अक्षर।

लेखक का परिचय

२ अक्टूबर १९९६ को दिल्ली में जन्मे नीरज झा को बचपन में लोग "गाँधी" नाम से पुकारा करते थे। बचपन से ही पढ़ाई और खेल-कूद दोनों विभागों में उनकी बराबर की रूचि रही है। अभी वे भारतीय नौवाहन निगम में एक कैडेट हैं, और इस किताब का ज़्यादातर हिस्सा उन्होंने अपनी ट्रेनिंग के दौरान ही लिखा है। कविताएँ लिखना उन्होंने बारहवीं कक्षा के बाद शुरू किया, और "स्याही के अक्षर" उनकी पहली किताब है। वे अपनी कविताएँ "अनीर" नाम से लिखते हैं, जो कि उनका कृतकनाम है।

आप उनसे इन्सटाग्राम (instagram) पर जुड़ सकते हैं:

@syaahi_ke_akshar